아네모네의 마담

어르신 이야기책 _205 중간글

아네모네의 마담

초판 1쇄 발행일 2018년 3월 9일

지은이 주요섭
그린이 남인희
펴낸이 이원중

펴낸곳 지성사 출판등록일 1993년 12월 9일 등록번호 제10-916호
주소 (03408) 서울시 은평구 진흥로1길 4(역촌동 42-13) 2층
전화 (02) 335-5494 팩스 (02) 335-5496
홈페이지 지성사.한국 | www.jisungsa.co.kr 이메일 jisungsa@hanmail.net

ISBN 978-89-7889-365-7 (04810)
978-89-7889-349-7 (세트)

잘못된 책은 바꾸어 드립니다. 책값은 뒤표지에 있습니다.

이 도서의 국립중앙도서관 출판예정도서목록(CIP)은 서지정보유통지원시스템 홈페이지(http://seoji.nl.go.kr)와 국가자료공동목록시스템(http://www.nl.go.kr/kolisnet)에서 이용하실 수 있습니다. (CIP제어번호: CIP2018006006)

어르신 이야기책 _205 중간글

아네모네의 마담

주요섭 글 · 남인희 그림

지성사

티룸 ‘아네모네’에 마담으로 있는 영숙이가 귀걸이를 두 귀에 끼고 카운터 뒤에 나타난 날, ‘아네모네’ 단골 손님들은 영숙이가 머리를 움직일 때마다 한들한들 춤을 추는 그 자줏빛 귀걸이의 아름다움에 탄복하였다.
아니, 그보다도 그 귀걸이가 가져온 영숙이 자신의 아름다움에 황홀하였다.

아네모네

"아, 고것이 귀걸이를 달구 나서니 아주 사람을 죽이네그랴."

하고 한편 구석에서 차를 마시다 말고 수군거리는 사람도 있고,

"어, 마담이 아주 귀걸이루 한층 더 돼서 귀부인이 됐는걸, 허허허……."

하고 크게 웃는 사람도 있고, 양주 두어 잔에 얼굴이 붉어진 신사 한 분은 돈을 치르러 와 가지고,

"그 귀걸이 참 곱다."

하면서 귀걸이를 만지는 체하며 영숙의 매끈한 뺨을

슬쩍 만지는 것이었다.

오늘 영숙이의 가슴은 사탕 도둑질해 먹다가 들킨

어린아이 가슴처럼 조이고 불안스러웠다.

그는 몇 번이나 변소로 들어가서 콤팩트를 꺼내

그 똥그란 면경에 비치는 얼굴, 아니 그 귀걸이를 보고

또 보았다.

카운터 뒤에 나서 있는 때에도 크게나 작게나

손님들이 귀걸이에 대해서 무슨 말이고 하는 것이

들릴 때마다 그는 그 한들한들하는 귀걸이를 손으로

어루만지었다.

그리고 거리로 통한 출입문이 열릴 때마다 그의 얼굴은 금시로 홍당무같이 빨개지고 두 손끝이 바르르 떠는 것이었다.

문이 열릴 때마다 가슴이 내려앉는 것 같았다. 그는 기다리는 것이었다. 마치 자기 일생에 가장 큰 운명을 지배할 사건이 그 문을 열고 들어설 때를 기다리는 것처럼 조바심이 되는 것이었다.

문이 열릴 때마다 무슨 무서운 것이나 얘기하는 사람처럼 힐끗 그쪽을 바라다보는 것이었다. 바로도 못 바라보고 힐끗 곁눈으로 도둑질해 보는 것이었다.

문이 방싯이 열렸다. 시꺼먼 사각모가 먼저 나타났다. 이어서 사각모 아래로 어떤 창백한 얼굴이 보였다. 문을 조심스레 미는 손이 보였다. 전문학교 학생의 제복이 보였다.

그 순간 영숙은 가슴이 내려앉았다. 그는 도망을 가듯이 고개를 숙이고 카운터 뒤로 뚫린 판장문 밖으로 나갔다. 귀걸이가 판장문에 부딪치어서 옥을 굴리는 듯한 쨍그렁 소리가 났다. 물론 그 소리는 영숙이 혼자서만 들을 수 있었다.

그 뒤는 바로 부엌이었다. 영숙이는 차 끓이는 화덕 앞을 지나 변소로 또 들어갔다.

코오피
밀크

변소 문을 안으로 잠그고 그는 잠시 두 손을 가슴에
대고 오도카니 서 있었다.

'어떡할까?'

하고 그는 스스로 물었다. 그는 콤팩트를 꺼내서
그 조그만 면경에 비친 콧잔등을 들여다보았다.
그는 무의식하게 분가루를 콧잔등에 두세 번 찰싹찰싹
두드리었다. 그러나 그가 콤팩트 면경을 꺼낸 목적은
거기 있는 것은 아니었다.
그는 살짝 고개를 돌려 똥그란 면경 앞에 나타나는
귀걸이를 보았다.
귀걸이가 한들한들 떨리었다.

'고만 빼고 말까?'

하고 그는 생각하였다.

그 순간, 그러나 그는 결심한 듯이 콤팩트를 핸드백 속에 홱 집어넣고 살그머니 카운터 뒤로 기어 나왔다.

그는 고요히 찻점 앞을 휘 둘러보았다.
역시 저어편 그 구석 자리에 그 학생은 와 앉아 있는 것이었다. 언제나와 마찬가지로 그 학생은 지금 영숙이를 정면으로 바라다보고 있는 것이었다.
그 언제나 무엇을 열망하는 듯한,
열정에 타고 넘치는 듯한 그 눈 모습으로!

영숙이는 얼굴이 화끈 다는 것을 인식했다.
그러자 귀밑에 달린 귀걸이가 찰싹찰싹 뺨을 스치는 것도 인식하였다.
'귀걸이가 차기도 차다' 하고 그는 생각하였다.

축음기 소리판에서는 뚜뚜루두두, 뚜뚜루두두 하고 박자 잰 재즈가 숨이 찰 듯이 쏟아져 나왔다.

영숙이는 빨개진 자기 얼굴을 어둠 속에 감추고 서서 소리판을 한 장씩 한 장씩 골라내고 있었다.
여러 장을 젖히고 나서 영숙이는 소리판 한 장을 들고 물끄러미 들여다보았다.

이 소리판 한 장! 영숙이에게 이상스러운 인연을 가져다 준 소리판 한 장이었다.

그것은 아마 약 한 달 전 일이었다.
하아얀 저고리를 입은 보이가 한 번 접은 하아얀 종이를 영숙에게 전해주던 것이!
그리고 보이는 고갯짓으로 저어편 한구석에 혼자 앉아 있는 어떤 제복 입은 학생을 가리키었다.
그 학생을 바라다본 영숙이의 첫인상이 '몹시도 창백한 얼굴'이었다.

그 창백한 얼굴에서 반사되는 두 개의 시선,
그것이 영숙이를 이상스런 감정으로 인도하는 것이었다.

그 두 눈은 뚫어질 듯이 영숙이를 응시하는 것이었다. 그 눈 모습은 마치 몹시 사랑하는 애인을 건너다보는 순결하고도 열정에 찬 그러한 눈이었다.

영숙이는 얼른 그 시선을 피하면서 종이를 펴 들었다. 그때 영숙이 가슴속에서는 무엇이 털썩 소리를 내고 떨어지는 듯싶었다. 그러나,

"슈베르트의 「미완성 교향악」을 한 장 틀어 주시면 고맙겠습니다."

오직 이것이었다.
영숙이는 다시 그 학생을 건너다보았다.

역시 열정에 찬 두 눈이 영숙이를 집어삼킬 듯이 바라보고 있는 것이었다. 영숙이는 그 소리판을 찾아서 축음기 위에 걸어 놓았다.

심포니의 조화된 멜로디가 담배 연기로 자욱한 방 안 구석구석에 울릴 때, 그 학생은 잠시 빙그레 웃었다. 그 웃음은 얼굴이 창백한 탓이었던지 어째 몹시 구슬픈, 고적한 미소였다.
그러나 그다음 순간 그 학생은 눈을 스르르 감았다.

영숙이에게는 이 학생의 얼굴은 어디서 한두 번 보았던 듯한 낯익은 얼굴이었다.

SCHUBERT
Sinfonie C-dur
Symphony in C major
No. 8 (9)
-DIE GROSSE-
-THE GREAT-
-LA GRANDE-

어디서 보기는 분명 보았는데 언제 어디서인지를
꼭 집어 낼 수 없는, 그러한 어슴푸레한 기억이었다.
아마도 그 학생이 찻집에를 더러 왔을 테니까 아마
이전에 무심히 몇 번 보았을 것이었다.

그러나 그 학생의 얼굴이 그렇게 창백하고 그 두 눈이
그렇게 열정과 애수에 차 있는 것은 이날 밤 비로소
처음 보는 듯싶었다.

영숙이는 가끔 곁눈으로 이 학생을 보았으나,
그 학생의 마음은 심포니의 음악을 타고 허공으로
떠돌아다님인지 그는 눈을 감은 채 죽은 듯이 앉아
있었다.

소리판 한 면이 다 끝나고 스르르 턱 하고 멈추자 그 학생은 눈을 번쩍 떴다. 영숙이는 얼른 외면을 하고 축음기 바늘을 바꾸어 끼웠다.

그날 저녁 이후에 서너 번이나 영숙이는 보이를 통하여 그 창백한 얼굴의 소유자로부터 편지를 받았다.

'슈베르트의 「미완성 교향악」.'

오직 이 문구 하나뿐이었다.

그 학생은 매일 왔다.

매일 저녁 아홉 시쯤 되면 와서는 꼭 한구석에,
마치 자기가 정해 논 자리라는 듯이 그 자리에 가
앉아서 홍차 한 잔 마시고는 두 시간 가량 앉아서는
정해 놓고 영숙이를 바라다보는 것이었다.

세상에 다른 아무 존재도 없이 오직 영숙이만 있다는
듯이 그 두 눈은 영숙이를 바라다보는 것이었다.
애정과 욕망과 정열에 가득 찬 눈이었다.

그런데 영숙이는 첫날부터 이 시선이 반가운 것을
감각한 것이었다.

어떤 때는 너무도 시선이 변치 않고 한 곳에만 머물러
있는 것이 어째 남의 주의를 사게 되지 않을까 하여
염려되는 때도 있었으나,
그가 용기를 내어 그 학생 쪽으로 돌릴 때 잠시라도
그 학생의 시선이 딴 데로 옮겨진 것을 발견할 때는
어째 서운한 생각이 드는 것이었다.

어떤 날 밤에는 한번 그 학생이 들어오는 것을 보자
영숙이는 자진하여서 「미완성 교향악」을 축음기에 걸어
놓았다.
역시 그 구석에 혼자 앉았던 그 학생은 이 낯익은
음악이 들려오자 잠시 빙그레 웃었다. 역시 그 어딘가
구슬픈 빛이 감추어져 있는 그런 웃음이었다.

영숙이는 얼굴뿐 아니라 제 전신이 빨갛게 물드는 것
같은 느낌을 얻었다.

혹 실없는 사내들이 가끔 농담을 걸기도 하고
돈 치르는 체하고 슬쩍 손목을 잡아 보기도 할 때에도
얼굴을 붉히지 않으리만큼 벌써 마담 생활에 익숙해진
영숙이었다.
그러나 이 말없는 시선 앞에서는 어쩐 일인지 전신이
수줍음으로 휩싸이는 것 같은 느낌을 억제할 수 없는
것이었다.

가끔 이 학생은 다른 학생 하나와 둘이서 올 때도
있었다.

둘이 와서도 그들은 남들처럼 이야기를 하지도 않고,
둘이 다 벙어리 모양으로 우두커니 앉아서
한 학생은 담배를 피우며 천장이나 바라다보고 있고
이 학생은 역시 영숙이만 바라다보는 것이었다.

그러다가 「미완성 교향악」이 나오면 그는 역시 잠시
빙그레 웃을 뿐이었다.
이 빙그레 웃는 모양을 보면 영숙이는 몹시 기쁘기도
하고 몹시 슬프기도 한 야릇한 감정을 맛보는 것이었다.
그래서 이 빙그레 웃는 구슬픈 미소를 보기 위하여
어떤 날 밤에는 영숙이는 「미완성 교향악」을 세 번,
네 번씩 걸어 놓기도 하였다.

그 학생은 그렇게도 영숙이를 열정에 찬 눈으로 바라다보면서도 한번도 다른 사람들처럼 영숙이와 수작을 건네 보는 일이 없었다.
아니, 카운터에도 가까이 오는 일이 일절 없었다.
찻값도 반드시 보이에게 물고 가고
한번도 친히 카운터에 와서 내는 법이 없었다.

영숙이는 그 학생의 이름도 기실 모르는 것이었다.
그러나 웬일인지 그 학생과 평범한 이야기라도 한마디 주고받았으면 하는 욕망이 걷잡을 새 없이 끓어오르는 때가 가끔 있었다.

'왜 사내가 저렇게 용기가 없을까!

슈베르트의 「미완성 교향악」만 자꾸 써 보내지 말구,
내일 오후 두 시에 아무데서 좀 만날 수 없을까요?
이렇게 왜 좀 못 써 보낸담?'

하고 혼자 야속스럽게 생각한 때도 가끔 있었다.
사실 영숙이는 여러 사나이에게서 좀 만나자는 둥,
사랑의 여신이라는 둥, 나의 천사라는 둥 하는 문구를
늘어놓은 편지를 많이 받았다.

그러나 그는 한번도 그 사나이들과 조용히 만나 본
일은 없었다. 그런데도 만일 이 이름도 모르는 학생이
그런 편지를 한 번만 보내준다면 그는 곧 춤이라도 출
듯싶었다.

요새 와서는 무슨 일인지 이 학생은 「미완성 교향악」이
나오기만 하면 곧 상 위에 두 팔을 올려놓고
그 속에 머리를 파묻고 죽은 듯이 엎디어 있는 것을
가끔 본 일이 있었다.

어쩐 일인지 영숙이에게는 이 학생이 그처럼 엎디어서는
소리 없이 울고 있는 것이라고 생각되는 것이었다.
소위 제 육감이라고 할까, 하여튼 그 학생은 남에게
말 못 하는 무슨 고민과 슬픔을 품고 있는 것이라고만
영숙이에게는 생각되었다.
그리고 그 고민의 원인이 영숙이 자신에게 있는 것이
아닐까 하고 생각되어서 퍽이나 송구스럽고 번민되는
것이었다.

코오피
고급 코오피
아네모네

‘왜 나한테 모든 것을 털어놓고 이야길 못 할꼬?’

하고 영숙이는 가끔 초조하고 원망스런 눈으로
그 학생을 바라다보곤 하는 것이었다.

영숙이는 자기 자신도 인식하지 못하는 가운데 자연히
몸맵시에 대하여 더한층 주의를 하게 되었다.
그리고 어떻게 했으면 이 학생과 잠시라도 이야기를
해볼 도리가 없을까 하고 궁리궁리하던 끝에 마침내
이 귀걸이를 사서 달고 나선 것이었다.

귀걸이를 끼고 나서면 조선서는 흔치 않은 일이라
필연코 그 학생도 ‘귀걸이가 곱다’라든가,

'얼굴과 어울린다'라든가 하는 무슨 말이고 건네어 보게 될 것을 바랐던 것이다.

영숙이는 지금 자기가 골라 든 「미완성 교향악」 소리판을 들고 방금 뱅글뱅글 돌고 있는 재즈가 끝나기를 기다리었다.

그 학생은 웬일인지 오늘 밤에는 벌써부터 상 위에 올려놓은 두 팔 속에 머리를 파묻고 엎디어 있는 것이었다.
그와 함께 온 다른 학생은 담배를 피워 물고 앉아서 옆에 엎드린 친구를 무슨 불쌍한 동물이나 바라보듯이 딱한 표정으로 바라다보는 것이었다.

'자기 자신이 용기가 없으면 저 학생을 통해서라도
내게 말 한마디 해주면 될 것을!'

하고 영숙이는 그 학생의 행동이 안타깝게 생각되었다.

그때 온 방 안 공기를 쩌렁쩌렁 울리던 재즈 소리가
뚝 끊기고 스르르스르르 턱 하더니 축음기가 멈추었다.

영숙이는 바늘을 갈아 끼우고 재즈 판을 들어내 놓고
「미완성 교향악」을 걸었다.
그 학생이 인제 자기를 바라다보며 빙그레 웃을
그 창백한 얼굴을 연상하면서 영숙이는 판을 돌리고
그 위에 바늘을 얹어 놓았다.

곱고 조화된 음률이 방 안을 가득 채웠다.
영숙이는 고개를 돌려 그 학생을 바라다보았다.
귀걸이가 찰싹찰싹 그 뺨을 스치었다 — 귀걸이가
매끄럽기도 매끄럽다 하고 그는 생각하였다.

웬일일까? 그 학생은 빙그레 웃어 보이기는커녕
두 팔 새에 파묻은 얼굴을 들지도 않는 것이었다.
영숙이는 이해할 수 없어서 멀거니 그 학생 쪽을
바라다보고 서 있었다.

잠시 동안의 시간이 흘렀다. 심포니의 음률은 방 안
구석구석을 신비경으로 변화시키는 것처럼 우아하고
신비스러웠다.

그러자 —

그것은 마치 일종의 벼락처럼밖에 더 생각되지 않았다. 영숙이는 그때 그 순간에 돌발한 괴이한 사건을 순서적으로 기억할 수는 없었다.

"그때 그래 무슨 일이 생겼어?"

하고 누가 물으면 영숙이는 도무지 그 갈피를 찾아서 이야기할 수가 없을 것이다.
도무지 예기치 못했던 돌발 사건이 생기는 때 사람의 신경은 놀라고 떨리어서 그 사건 진행의 참된 모양을 순서적으로 기억할 수는 없게 되는 것이다.

하여튼 영숙이가 맨 처음 본 바는 창백한 얼굴이었다.

상 위에서 번개처럼 획 올라오는 창백한 얼굴이었다.

그리고는 그는 무슨 고함 소리를 들은 것처럼 기억되었다.

마치 고막을 찢을 듯이 강렬한 무슨 외침이었다.

그 고함 소리가 무엇이라고 말했는지는

조금도 기억이 나지 않았다.

그 소리가 그 학생의 입에서 뛰쳐나왔다는 것만이

기억이 되었다.

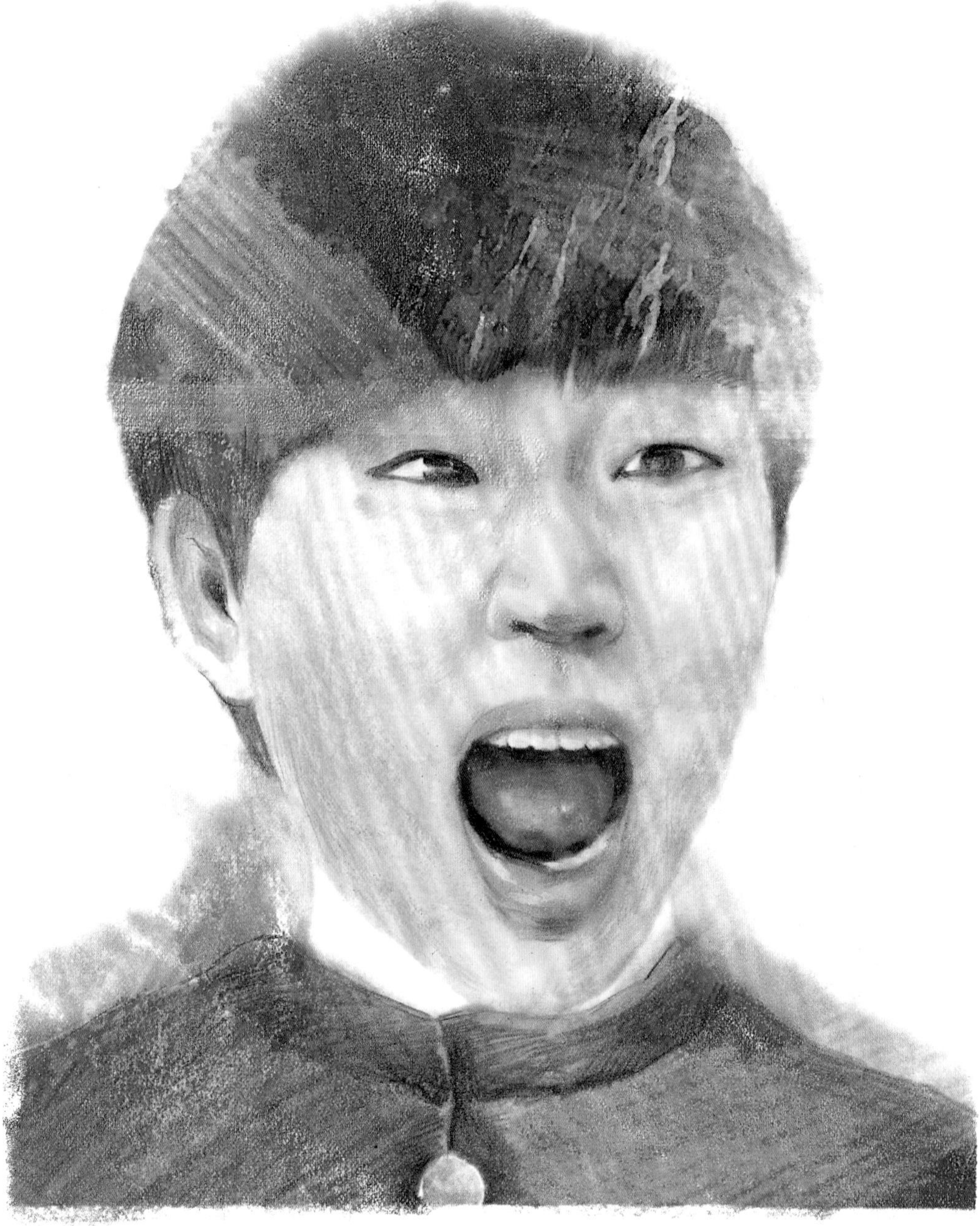

그리고 그다음 순간 영숙이는 카운터 앞에 우뚝 선
그 학생을 보았다.
성낸 호랑이처럼 씩씩거리는 그 숨소리를
똑똑히 들었다.
그러자 무엇이 와지끈하고 깨지었다.
음악 소리는 뚝 끊기고 사람들의 비명 소리가 들리었다.

영숙이는 귀걸이가 찰싹찰싹 뺨에 와서 스치는 것도
감각하지 못할 만큼 어안이 벙벙해지고 말았다.

그 뒤에는 한참 동안 혼란이 있었다.

사람들이 외치는 소리가 들리고, 창백한 얼굴의 소유자와
함께 왔던 학생이 무엇이라고 온 방 안을 향하여 몇 마디
소리를 지르고, 그러고는 영숙이 보고도 무엇이라고
한두 마디 했지마는,
영숙이는 그 말을 깨달아 들을 수가 없었다.

그리고 그다음 순간 영숙이는 한 학생에게 끌리어
문 밖으로 나가는 창백한 얼굴을 보았다.

한참 동안 와글와글 온 방 안이 끓었다.
영숙이는 넋을 잃은 사람처럼 교의(의자) 위에 한참을
주저앉아 있었다. 축음기에서 다시 음악 소리가 울려나오는
것을 듣고야 비로소 영숙이는 정신을 수습하였다.

카운터 위에는 보이가 주워서 올려놓은 깨어진 소리판이
여러 조각 놓여 있었다.
깨진 소리판은 슈베르트의 「미완성 교향곡」이었다.

한 두어 시간쯤 뒤에 아까 창백한 얼굴의 소유자를
억지로 끌고 나갔던 그 학생이 혼자서 다시 왔다.
그는 방 안을 한 번 휘 둘러보더니 카운터로 가까이
와서 카운터 위에 팔을 기대고 섰다.

아네모네

마침 찻집 주인이 와 있었으므로 그 학생은 주인에게 소리판 값을 물었다.

“참으로 미안하게 됐습니다.”

하고 그는 사과하였다. 아까 그 소란이 있을 때 앉았던 손님은 다 가고 새로 손님들이 들어온 고로 손님들은 아까 그 소란을 모르는 모양이었다.
그래서 아무도 학생의 이야기를 들으러 모여들지 않았다. 오직 보이만이 곁에 와 서서 귀를 기울였다.

“이야기를 대강이라도 들으시면 용서해 주실 줄 믿습니다. 아까 그 학생은 내 가까운 친구입니다.

녹차
밀크

아주 똑똑한 수재지요. 그런데 무슨 운명의 장난인지 그는 어떤 남편 있는 부인을 사랑하게 되었습니다."

이때 영숙이는 가슴이 몹시도 들먹거리는 것을 감각하였다. 그는 고개를 축음기 쪽으로 돌리고 서서 이 학생의 말을 한 마디라도 놓치지 않으려고 바싹 귀를 기울였다.

"그 부인은 하필 다른 사람이 아니고 바로 우리 학교 교수 되는 이의 아내입니다. 언제 어디서 어떻게 기회가 되어서 서로 사랑하게 되었는지는 나도 잘 모릅니다. 또 지금 길게 이야기할 필요도 없겠지요. 하여튼 두 사람의 사랑은 순결하고 또 열렬하였습니다.

그러나 이러한 세상에 있어서 그 사랑은 언제까지나 비밀일 수밖에 없었습니다.

현 사회에서는 매음 같은 더러운 성관계는 인정하면서두, 집안 사정상 별로 달갑지 않은 혼인을 한 젊은 여인이 행이랄까 불행이랄까 남편 외의 딴사람에게서 한 사람이 한 번만 가져 볼 수 있는 그 고귀한 첫사랑을 바칠 수 있는 대상을 발견할 때 우리 사회는 그것을 더럽다고 낙인해 버리고 조금두 용서치를 않으니까요!

그 사랑이 얼마나 순결하구, 얼마나 열렬한 것을 이해해 줄 수 있는 사회두 아니고 또 이해해 보려구 하지두 않는 사회니까요.

더러운 기생 오입은 하면서두 순결하고 고귀한 사랑은
그 사랑의 대상이 한번 다른 사람과 결혼한 사람이라는
다만 한 가지 이유하에 기생 오입보담두 더 나쁜 일처럼
타매하구 비방하는 그런 우스운 사회니까요.
이거 설교가 너무 길었습니다."

새로 손님이 들어왔으므로 보이는 주문을 받으러
다녀와서 다시 가만히 서서 귀를 기울였다.

영숙이도 부엌으로 뚫린 조그만 문으로 커피 두 잔을
얼른 주문한 후 카운터에 몸을 기대고 서서 묵묵히
귀를 기울였다.

“두 분의 사랑은 퍽이나 불행했습니다.
더구나 약 한 달 전에 그 부인이 병환으로 병원에 입원을 하게 되었습니다. 떳떳한 사이 같으면야 아침부터라두 병원에 가서 살 수도 있으련만 두 사람의 사이가 그쯤 되고 보니 어디 내놓구 문병인들 갈 수가 있나요?

만일 이 사회에서 조금이라두 이 연애 관계를 알게만 된다면 이 사회는 온통 떠들어 일어서서 그 부인을 무슨 파렴치한이나 되는 것처럼 타매할 것은 뻔한 일이니 어디까지든지 두 분의 사랑은 비밀 속에 감추어 두지 않을 수 없는 처지였지요.”

영숙이는 자기도 모르게 몸을 떨었다.

그러고는 교의 위에 사뿐 내려앉아서 다시 귀를 기울이었다.

“문병두 한 번 못 가구 이 친구는 하루 종일 거리로 싸돌아다녔습니다. 아침마다 한 번씩 병원으루 전화를 걸어서 병의 차도나 물어 보고 그러구는 타는 가슴을 움켜쥐고서 헤매는 것이었습니다. 밤이 되니 잠 한숨 잘 수 있겠습니까?

나는 그의 마음을 좀 붙잡아 보려구 이리저리 많이 끌구 다녔지요. 그러다가 그 친구는 마침내 이 아네모네에 애착을 느끼게 되었답니다.

첫째 그는 여기서 슈베르트의 「미완성 교향악」을 들을 기회가 있는 데 기뻐한 것이지요.

그 친구의 말에 의하면 이 슈베르트의 「미완성 교향악」은
두 분 연인 사이에 가장 아름다운 추억을 실은
레코드인 모양입니다.

하루 종일 가슴 속이 바삭바삭 타다가도 여기 와 앉아서
그 교향악 한 곡조를 듣고 있으면 지나간 날 아름다운
기억들이 마음속에 끓어오르고 마치 그 부인과 함께
어떤 아름다운 동산을 거닐고 있는 것 같은 그런 느낌을,
네, 잠시나마 그런 아름다운 환영 속에 취할 수 있고,
또 어쩐지 병도 그리 중하지 않고 곧 나아질 것처럼,
마치도 그 음악의 선율이 그 부인을 어루만져 병을
쾌차시킬 것 같은 그러한 환영에 잠겨진다구요.
또 그뿐 아니라 저기 저 그림!"

하고 말하면서 그 학생은 영숙이 등 뒤에 있는 그림을 가리키었다.

"저 그림은 그 유명한 「모나리자」가 아닙니까?"

영숙이는 힐끗 돌아다보았다. 거기에는 커어단 「모나리자」 그림이 걸려 있는 것이다. 영숙이가 카운터 뒤에 서 있으면 바로 머리 뒤로 그 그림이 보일 것이었다.

영숙이는 또 한 번 몸을 떨었다. 귀 밑을 살짝살짝 스치는 귀걸이가 — 따갑기도 하구나 — 하고 느껴지었다.

그 학생은 이야기를 계속하였다.

“그 친구는 저 「모나리자」를 바라다보기 위해 매일 여기 왔습니다. 교향악은 다른 찻집에서도 들을 수 있지마는 저 「모나리자」를 걸어 놓은 집은 이 서울 장안에 여기 한 곳밖에 없으니까요.”

부엌에서 차가 나왔다. 영숙이는 그 차를 보이에게 넘겨주고 또다시 말없이 앉았다.

“「모나리자」! 그 친구는 자기 애인을 ‘모나리자’라고 불렀답니다. 애인의 얼굴이 저 그림과 같은 것은 아닙니다. 그러나 이상한 일로 얼굴 모습은 완전히 다르면서도 그 부인이 빙그레 웃을 때에는 꼭 저 「모나리자」를 연상시킨다구 합니다.

그래서 친구는 자기 방 벽에도 애인의 사진 대신으로 「모나리자」를 걸어 놓았더군요. 그러나 그 좁은 방 안에 앉아서 그 「모나리자」를 바라보면 가슴이 터져 오는 고로 밤마다 이곳으로 뛰쳐나와서 저 그림두 바라보고 또 그 「미완성 교향악」두 듣구 이렇게 해서 그의 혼란한 마음을 위안시켜 왔던 것입니다."

저편에서 어떤 손님이 보이를 커다랗게 불렀다. 보이는 이야기를 더 듣고 싶은 모양이었으나 억지로 갔다.

"그런데, 그런데 아까 저녁때에 입원해 있던 그 부인이 고만 세상을 떠났습니다.

거의 미친 사람처럼 된 내 친구를 겨우 이리루 끌구 왔었는데 그만 그「미완성 교향악」이 그의 가슴을 찢어 놓았나 봐요. 그래서 사정이 그만하니까 아까 그 행동은 용서해 주시기 바랍니다. 참으루 미안했습니다.

난 또 어서 가 보아야 하겠습니다. 마음이 놓이지를 않으니…….”

이튿날 밤.

찻집 아네모네에서는 언제나 그러한 것처럼 재즈 소리가 흘러나왔다.

방 안 공기는 어느새 담배 연기로 안개 낀 것처럼 자욱해 있었다.

"아, 그런데 이 마담이 웬 변덕이 그렇게 많단 말이야? 응, 어저께 귀걸이를 새로 낀 것이 썩 어울린다구 야단들이기에 한번 보려구 일부러 왔는데 그 귀걸인 어쨌소 그래?"

하고 어떤 사나이가 말했다.

영숙이는 아무 대답도 없이 빙그레 웃어 보일 따름이었다. 그 웃음은 어딘가 구슬프고 고적한 기분을 띤 웃음이었다.